実存の架け橋

田中俊輔

思潮社

実存の架け橋

田中俊輔

思潮社

実存の架け橋

田中俊輔

目次

装画＝福江茂榮
装幀＝思潮社装幀室

実存の架け橋

粉雪

粉雪が舞う深夜だった
父は闇を酔っていた
ぼくは帰りを待っていた
父がいないとぼくは生きられなかった

コートを着てぼくは父を探した
いつもの闇に一人でいた
夜が唸りをあげ
街が泣いていた
闇はテーブルを拳で叩き
千鳥足でふらついた

二人の親子は肩を組み
川沿いの道を通り細い路地を通った
粉雪が路面に積もりはじめ
二人の足跡を消した
深々と粉雪は積もっていった

家に帰ると母が待っていた
老いた二人がその夜
何を話したかはぼくは知らない
ぼくは布団の中で孤独を眠った

早起きすると
街は雪化粧だった
静かな白い朝だった

風呂焚き

少年時代から風呂焚きが好きだった
焚き口でメラメラと燃える炎は
見ていて飽きなかった
炎の温もりが頬を照らし
無我の境地になる

最後の風呂焚きから
四十年の月日が過ぎていた
わたしは実家で再び風呂焚きをした
炎はどれ一つとして同じものはない

生成と消滅を繰り返し
燃え続けた

放心状態だった
生きる苦しみも全て忘れた
ただ炎は燃え続け
原始の喜びが
わたしを興奮させた

風呂に入ると
骨の芯まで温もった
何もかも忘れた

こうして風呂焚きは
偶然にもわたしを助けてくれた

生成し消滅する炎
その炎の一つ一つが
わたしの芯なのかもしれない

初めての詩

初めて詩を書いた
――歩こう――
――男は風を感じ始めたのだ――
ウソの詩だった

母はわたしの詩を朗読した
胸が熱くなった
二階へと駆け上がり
布団の中で泣いた

自分の惨めさがつらかった
働こうにも働けない
畜生！　畜生！
なぜなんだ！

ひとしきり泣いたあと
二階の窓を開けた
一陣の初夏の風が
わたしの体を吹き抜けた

見渡すと
街は静かに
鼓動していた

研ぐ

お米を研ぐ
冷たい井戸水で研ぐ
右手の甲が冷たくなる
白濁色が澄むまで研ぐ

毎日お米を研いで
おれの心は澄んだだろうか

食卓は寂しく
それでもご飯は温かく

いつかおれの病が完治して
そんな希望も持てなくなったが
けし粒ほどの大きな重みを
一粒のお米に祈る

今日も明日も
おれは研がねば
生きることさえ苦痛になる

食卓にいつの日か
新しい人が来るようにと
おれはいつものように
研ぐ

黒い水

ぼくらは朝に昼に夕に
食事をしながら黒い水を飲む
会話は途切れることなく
全てが円満だった

しかし黒い水を何年も飲むうち
会話は得体の知れぬものとなった
正確さを欠いたのではない
メタファーに満ちたのではない

ぼくらは何人となく会話した
だが結果は同じだった
黒い水が必ずぼくらを支配した
会話は虚実となった

黒い水とは何であったか
ぼくらは深く虚実について話し合った
しかしそれすら虚実なのだ

あらゆる美辞麗句を並べてみた
だがやはり虚実となっていった
ぼくらを支配しているものは何であるか
黒い水である

黒い水は容赦なく

虚実へとぼくらを導いた
ぼくらの血液に付着して
脳の回路が虚実を選択するのだ

こうしてぼくらは核心に触れることなく
言語の海を漂流するのである

愚鈍

黒いマントを着て
黒いマスクをした愚鈍が現れた
愚鈍はおれに悪口ばかり言った
おれは嫌になり愚鈍から遠ざかろうとした
しかし愚鈍はあらゆる場所に現れた
おれは嫌になり愚鈍を無視しようとした
今度は愚鈍は幻聴となり脳の支配をしてきた
脳の一部の占領に成功した愚鈍は
おれの全ての脳を支配しようとしてきた

おれは愚鈍に脳の一部を占領されて以来
少しずつ愚鈍になっていった
しかし全ての脳の支配は許さなかった
この事態は深刻なものだった
自意識を常に使わなければいけない
おれは愚鈍との冷戦を生きなければならない
それは疲労と忍耐が極限に達するまで続く

おれの選択肢は愚鈍との和解しかない
こうして黒いマントと黒いマスクといると
なぜか時間の感覚を失うが
おれは自意識の緊張すら忘れ
ただひたすらに孤独でない孤独が
分裂した事態を緩和するのである

道のり

おれは月に一度だけ
八十キロの道のりをドライブする
錆びた反射神経は
そのうち研ぎ澄まされていく

おれはサイドミラーに目を配り
バックミラーに目を配る
川沿いの国道を
時速八十キロで疾走する

おれは軽トラにしか乗らないが
片側二車線になると
高級車とレースをする
ウインカーを巧みに使い
一陣の風となる

おれは軽トラと一体となり
AMラジオを聞き流しながら
病気を忘れる

診察室でおれは勝手なことを言う
今更ながら病気はおれ自身なのだ
おれは処方箋を受け取ると
颯爽と帰路のドライブをする

病院への道は
おれの無意識の旅であるから
おれはドライブをドライブする

医学的微分

総合病院に行く
そこは病気の人であふれている
老若男女　年齢を問わず
病気の患者であふれている

果たしてわたしも病気である
しかし病人の素振りはしない
脳波の検査で
統合失調症と診断されている

わたしの病はどこから来たのか
そしてどこへ向かうのか
二十年以上も患っている
だいたいの予想はつく

わたしは先を予見できないが
染色体レベルで解明されれば
良い薬が開発される
わたしは染色体に異常を起こしたのであり
それが社会的条件と重なるのである

「思い込み」これほど恐ろしいものはない
社会的条件により
全ての人間の脳に
医学的微分という

不可思議な現象が
暗黒の口を開けて
待ち構えているからである

流れ

社会との関係に流され
時代との関係に流され
わたしの流れは
不幸にして止まった
死んだわけではない

社会との関係に流されることもなく
時代との関係に流されることもなく
脈々と血液は循環している

ここはどこの地か？
村には人声がなく
牛が鳴くこともない
山峡の限界集落

樹木が話さないように
わたしも話さない
死んだわけではない

一人で山仕事をしていたから
誰にも会うことがなかった
下刈り山で蟬時雨を聴き
枝打ち山でモリアオガエルの合唱を聴いていた

山を降り町に戻った

関係による関係が
複雑にからんだ
それでも血液は循環している

草刈り

草刈りをする
刈られているのは草か
それともわたしの心か
わたしの雑念か

草は絶えることなく
毎年生えて伸びる
草は人間の寿命を越えているのか
わたしは草刈り機で伸びた草を刈る
やはり刈られているのはわたしの方か

誰も住まない辺境の地
わたしの故郷
昔は栄華を誇った梅畑
今は青草が誇っている

草を刈らねばならぬ
草を刈るのに理由はない
ただ絡みつく因習だけが
梅畑へとわたしを誘う

心が騒ぐとき
草刈りをすれば
なぜか安堵する
梅畑にわたしは誘われる

草刈りに理由などない
刈られているのは草か
それともわたしの心か
わたしの雑念か

削ぐ

時間がおれを削ぐ
無防備なおれは
歴史的な時間に圧倒され
神経を徹底的に
削がれてしまった

おれに残されたのは
自意識という化け物だけになった
おれは慌てて身構えた
目に見えぬバリケードを

自意識の周辺に張り巡らせた

するとどうだろう
時計の針は確かに動いているが
おれはバリケードに守られ
安穏な生活をするようになった

デジタルと電子の時代に
正直者が損をする時代に
息苦しさを生きていたおれは
かすかに正しい自意識に守られ

たえず変化する時代に
自分でいることの難しさを知ったおれは
ただひたすらにひとつの問いに問われている

（おまえは何のために生まれてきたか？）

おれはバリケードなしでは生きられない
しかしおれは安全弁を見つけたのではないか？
歴史的時間に削がれないためには
ひとつの問いが必要なのである

青年

陽光のひざしのなか
青年は散歩に出かける
見るものは全て新しい
希望に満ちて公園までいく

そして太陽に向かい弓を張る
あまりの眩しさに生を感じる
生きているんだ
生きているんだ

どんな苦悩も吹き飛ぶ
心の底からエネルギーを感じる
失恋も苦学も太陽に向かい
弓を張る位置が教えてくれる

前へ進め
一歩ずつ前へ進め
君の未来は
君が勝ちとる

どんな病に伏すとも
太陽の位置へ弓を張れ
それで君は
生命と宇宙を生きる

君の位置は
紛れもなく
眩い閃光のなかに
ひるむことなく
おごることなく
太陽の位置である

告白

情熱が心に火をつけた
メラメラと燃える情熱が
心の中で蠢いている
だが外見上は分からない
愛情がおれを躍動させた

心が二度目の爆発をした
出血して止血ができない
おれは架空の声を聴き
森で間伐をしていた

しかし架空の声は昼夜を問わず
おれを攻めてくる
肉体労働の疲れを美酒であおり
おれは極限まで働いた

やっと一人前の山師になれたと思った
だから家庭を持ちたくて女に電話をした
――お会い出来ません――
女の一言で
おれは戦慄した

一度目の爆発から苦節十年
女の一言でその後十年を失った
おれにとって大切なのは家である

しかし出血する心には手の届かないものである
心の止血には家を一度放棄するしかない
そのようにして見えないものが見え
見つからないものが鮮明に
おれの青春の記憶に焼きつくのである

森と価値

今まで出来たことが出来ない
一日なら出来るが
その一日がいつなのかわからない
体力の限界ではなく
出来ないと知ってしまったからだ

おれは森に通っていた
荒れた山林が言う
おれたちを生き返らせてくれ
おれはノコギリとチェンソーで

不用な木を伐採した

それでもまだまだ仕事は終わらない
六十ヘクタールの私有林は
一度その山に行くのに何年もかかる

おれは限られた時間の中で
ノコギリでカズラを切り
チェンソーで間伐をした

だがある年から女の声が聴こえ
おれは生活というものを夢見た
その途端に情熱がおれを焼いた
おれは神経を失い病に伏した

それからというもの
おれは価値というものがわからなくなった
おれはおれの生を廃棄したわけではないが
おれの情熱の炎が小さくなるまで
何万本もの樹木と眠ることにした

手の届かないところで樹木は成長している
おれは布団の中で空想して
黙々と年輪を刻む樹木を思う
そしておれはまだ原始の喜びを知っている

霧の家

空き家が点在する過疎の村のことである
老いた夫婦が春から秋まで家に戻る
夫は畑と庭の手入れをして
婦人は家事の一切をする
その家は深い霧に包まれていた
何代かの栄華とその後の没落
だが空き家はもっとひどかった
いつの時代にも村にはどの家にも誰かがいたのだ
しかし雪深い寒冷地のこの村では
若者が生活できる産業がなかった

空き家は魂の抜け殻だった

おれはこの深い霧の家で生まれた
古い記憶の中で祖母と狂った娘がいた
二人とも他界してしまったが
その祖母の長女だけが霧の家で炊事する
幻の世界を生きるおれは
非日常と日常の間を行き交う

おれは老いた夫婦の忘却を記憶に刻み
霧の家こそが文明の終わりだと夢想する
米・牛・木材を産業としたこの村で
生き抜くにはあまりにも深い霧が必要である
未来を見通す必要のない者だけが
この村に残り昔話をする

おれはその昔話を記憶しなければならない
デジタルという記号がおれを洗脳する前に

レクイエム

魂に安らぎを与えるものは何か
忙しい時は考えもしない
健康な時は考えもしない
幸せな時は考えもしない

魂とは逆境の時に
心の内に現れる
打ちひしがれ
哀しみの涙にあふれた時
鎮魂の時はやってくる

あの人が世を去った
あの人も世を去った
しかし
この人が生まれた
この人も生まれた

おれの病は一生涯
治癒することはない
精神薬を飲まねば
生きてゆけない

おれはおれの絶望と引き換えに
夢の中で白い雲に乗り
おれの魂の鎮魂歌を歌う

それは口笛となり
風に融けて大空へ消えた

実存の架け橋

夜が来て朝が来て
おれはいつもと変わらない
昼間には何もしない
いや　出来なくなったのだ

誰にでも病は起きる
おれだけが特別ではない
ただ　寝込む時間が増えただけだ
ただ　病が悪化しただけだ

しかしおれは現実逃避できない
寝込む前のわずかな時間に
天空のイデアを思うだけだ
それで安らかに眠れる

地上のドロドロとした
関わりのなかにおれは入らない
いや　関係を持てないのだ
だが　刻々と時間は流れ
おれの病は進行してゆく

死に至る病こそが
人間の現実である
死に至る病を生き抜くことも
人間の現実である

おれは天空のイデアを思い
ただ思考のなかでのみ
実存の架け橋を渡る
時空は思考だけが知り
おれの生を照らす唯一の
架け橋である

虹の彼方に

七色のプリズム
太陽の弓矢
雨上がりがもたらす
偶然

虹の彼方に
おれは何を見るか
虹の彼方に
おれは何を思うか

幸せよりは
不幸が多かった
不幸よりは
病が厳しかった

だがおれも
おれの生を生きている
人間も多く見てきた
だけど会話は他人と
ほとんどしない

七色のプリズム
太陽の弓矢
おれは虹を見つめ
美しいと思った

ただそれだけのこと
おれは虹を見つめ
奇跡だと思った
届くことのない
夢を生きることになると
知らされたが
おれもまた奇跡だと思った

ボン・オヤージ

健忘症の父は物忘れがひどい
何のあれが何をした　と言う
こちらは推理でそれを理解する
父の記憶はまだらになっている

ボン・オヤージ
長い旅をして来たんだね
七十五歳だから
まだまだ活躍できる

ボン・オヤージ
息子の病気も忘れたんだね
でもね
父がいるからおれも心強い

ボン・オヤージ
照れくさいから
ありがとうなんて言わないよ
旅はまだまだ続くぞ

ボン・オヤージ
今でもブック・ハンターだね
虚構の海を泳いでいるんだね
人生の老いとはそういうもの
誇らしげだね

ボン・オヤージ
おれもこれから
虚溝の海に
船出するつもりだ

イデオロギスト

「けしからん。何という社会だ」
男は毎日のように朝刊を読みながら唸っていた
昨日も事件と犯罪だ
今日も事件と犯罪が起こるに違いない

文明は進歩しても人間は少しも進歩していない
何が新自由主義経済だ
民主主義は機能しているのか
もっとより良い社会があるはずだ

男は経済学部の教授だった
マルクスを読みこなしヘーゲルを読みこなしていた
ところが学生の出す幼稚な論文にも
全て合格を出す仏の男だった
十人十色ということを十分に理解していた

やがて男は定年退職をして
米作りに余生を転じた
田舎に引っ越して農機具と倉庫に
退職金を使い田も買った

ところが米を作れば作るほど赤字になる
それでも農業は楽しいと自分に言い聞かせていた
肥料をまき畦草も刈った
なるほど水田の眺めは良かった

男にはマルクスもヘーゲルも
もうどうでもよかったはずだった
それでも朝刊だけは毎日読んだ
「けしからん　何という社会だ」

ツバメが水田を飛び交う頃
男は本気で思った
もっとより良い社会があるはずだ
人間もツバメのように飛び交えたらな
人間の近くでさえずれたらなと

果てしなく深い青

ある女の叫び声が聴こえる
ドーパミンが出すぎたおれは
果てしなく深い青に染まり
おれは青の時代を生きる

いつの頃からか
他人と話をしなくなった
いつの頃からか
他人と交わらなくなった

おれは青いTシャツと
青いジーンズをはいて
一人で行動する
おれの青はますます深くなる

時間の感覚を失ったおれは
時代の声だけを聞く
すると青いリンゴが落ちてきて
狂った果実の香りがする

青いリンゴの中を彷徨い
おれは入口も出口も失う
果てしなく深い青に染まり
おれは青の時代を生きる

ベクトル

x軸プラス方向に愛を置く
x軸マイナス方向に孤独を置く
y軸プラス方向に情熱を置く
y軸マイナス方向に不安を置く

この図表のどの位置にでも
人間は自分のベクトルを置くことができる

ぼくは声だけが聞こえる
幻の女と出会い

愛と情熱の方向にベクトルを置いた
幻の女の声は激しくなるばかりだ

やがて幻の女の声は
ぼくの脳を支配していった
愛と情熱のベクトルは
右肩上がりの方向に向かい
エロスがぼくのベクトルを矢にして
遥か彼方の宇宙へ放った

気がついたとき
ぼくはマイナスの方向の
孤独と不安のなかにいた
人間が味わうもっとも苦いベクトル
若者ならば狂気と死が錯綜する

狂気のベクトルは心のうちに内在する
神のみぞ知る運命の道に従い
ぼくは苦しみを微笑みに変え
x軸とy軸が交わる地点に立ち
ささやかな祈りを捧げる

神のドーパミン

あの人は内気な人だった
だからほとんど話さなかった
ぼんやりとしていられない人
神のドーパミンのでている人だった

あの人は何にでもなれた
どんな幻聴にも耐えられた
村の人々が
あの人はおかしいと言っていた
あの人は村の人々が

おかしいと思っていた

村とは日の降り注ぐ白日に
誰も仲良しになれない所だった
だから皆は天候まで
おかしいおかしいと言っていた
あの人だけが暗室で
レース編みをしていた

あの人はもういない
いつまでも少女だった
まじめな少女だった
神のドーパミン
ぼくも知ることになった

雨が降る

憂鬱な過疎の村に
雨がしとしとと降る
ぼくの瞳のなかに
君のこころのなかに
雨が降る

ぼくはいつ君と知り合ったか
都会ではぐれて
誰とも交わることなく
ぼくは君を生み出してしまった

遠い記憶のなかに
ぼくの健全な姿を見ても
君がいつも話しかけてくるから
時間の感覚まで失ってしまった

でもぼくは君を置き去りにはしない
だから雨に打たれて
ぼくはアスファルトから逃れ
山林でカナカナを聞くようになった

回復するぼくのこころのなかに
君は君だけの空を見るだろう
不確かな時代に
ぼくは君を生み出し

ぼくは君と雨音を聞く

雨がしとしと降る
ぼくの瞳のなかに
君のこころのなかに

いつの間にか

母の背が縮んでいる
父の顔が皺だらけだ
ぼくは病んで帰郷して二十五年
いつまでも時間がうごかない

いつの間にか深い霧のなかに入り
おぼろげな両親の背を追いかけている
老いても気が強い両親が
お人よしのぼくを叱る

歳を重ねないと分からない
急いでも慌てても分からない

田舎の老舗の斜陽を
家族三人で生きている
かつて大勢の人が働き
にぎわった林家に
斜陽がきている

そして誰もいなくなるかもしれない
けれど山林は年輪を重ね
何代もの系図を支えるかもしれない

いつの間にか深い霧のなかに入り
ぼくはぼくの系図を

おぼろげに夢想する
山林はいつまでも待ってくれる
余分なものは
伐採しないといけない

白紙委任状

誰か助けて下さい
こんな思いを経験しない人は幸せである
わたしはいつも助けを必要としている
しかしそれが誰なのか分からない

神に祈っても
神は沈黙を保っている
しかし祈りの中に
自分が浮かび上がってくる

自分を知れば自ずと
自分の位置が見えてくる
その位置に根を張り
自己を知る

わたしには白紙委任状が必要である
それは遠い遠い記憶と
自分が生きてきた証しと引き換えに
未来へ踏み出す希望のために

こんな無防備でよいのか
白紙委任状には勇気がいる
しかし委ねられた運命に
従うのみである

このように自己を調停して
わたしはきわどい均衡を保ち
今を生きるのである

暗闇

人間には暗闇が必要である
毎晩　布団の中で死を眠る
脳が休まなければ生きてゆけない
暗闇は人間の友人である

わたしの場合
睡眠薬で深く死を眠る
沈黙と暗闇
やがて新しい朝が来る

わたしの場合
新しい朝はぼんやりしている
コーヒーとタバコ
たまには朝食を作る

午前中しかエネルギーのないわたしは
人間の友人はいない
暗闇がわたしの友人である
友人は時に夢を見させてくれる

友人の夢は不思議である
ある時はわたしを都会へ
ある時はわたしを田舎へと
いや　あらゆる場所へと誘う

わたしは暗闇が好きである
布団の温もりとともに
わたしをあらゆる場所へ
誘うからである
暗闇は
わたしの全てを知っているからである

早春のドライブ

北へ二十五キロ
まだ寒い道路を運転して行く
川が雪解け水で白く濁っている
木々はそれでも新芽を準備している

一人のドライブは久しぶりだった
冬ごもりの生活が続き
歩くのが主だった
北へ二十五キロ

到着すると庭には
まだ根雪が残っていたが
日当たりのいい場所に
福寿草が二輪咲いていた

早春は黄色い花から咲く
誰も住まない冬の空き家に
春は確かに訪れていた

帰路の運転は楽しかった
田舎から市街へ
交通量も少ない

ハンドルを正確に使い
わたしの忘れ物を

急いで探さないと
希望に春が微笑んでいる

福寿草
可愛い黄色い花
早春のドライブは
自然の香りがした

田中俊輔（たなか・しゅんすけ）

一九六六年生まれ。東北大学経済学部卒業。

第一詩集『いちごの花』（二〇〇五年、緑詩社）

現住所　〒七一八—〇〇〇三　岡山県新見市高尾二四七九—五

実存《じつぞん》の架《か》け橋《はし》

著者
田中俊輔《たなかしゅんすけ》
発行者
小田久郎
発行所
株式会社思潮社
〒一六二—〇八四二　東京都新宿区市谷砂土原町三—十五
電話〇三（三二六七）八一五三（営業）・八一四一（編集）
FAX〇三（三二六七）八一四二
印刷所
三報社印刷株式会社
製本所
小高製本工業株式会社
発行日
二〇一八年七月十五日